L'ARMÉE

ET

LE PHALANSTÈRE.

L'ARMÉE

ET

LE PHALANSTÈRE

OU

LETTRE

D'UN SABRE ININTELLIGENT

A

UNE PLUME INFAILLIBLE.

PARIS,

J. CORRÉARD, ÉDITEUR D'OUVRAGES MILITAIRES,

Rue de l'Est, n° 9.

—

1846.

PROLÉGOMÈNES.

A UN AMI.

J'ai reçu ta lettre, mon ami, et le glorieux fait d'armes que tu as eu le bonheur d'accomplir te fera honneur auprès de ceux qui ont conservé le feu sacré : ils sont devenus rares, je t'en avertis.

Tu ne lis donc jamais les grands journaux ? Je te trouve horriblement arriéré. Tu me parles d'honneur, de patrie, de dévoûment, absolument comme si tu étais de vingt ans plus jeune ! Tu voudrais, dis-tu, voir la France grande, forte, assise d'une part aux limites du Rhin, appuyée de l'autre sur l'Algérie, la Corse, la Sardaigne et les îles Baléares ; et de cette position iné- branlable, qui lui permettrait d'être juste autant que puissante, restaurer en Europe toutes les nationalités opprimées, y rétablir l'empire du droit, et faire concourir toutes ses forces à initier les peuples barbares à la civilisation !

On voit bien, mon ami, que tu es perdu au milieu des mille vallées de l'Atlas, et que le vent des théories modernes n'a pas soufflé de ton côté. Pour réaliser tous les prodiges de ton programme, même sans recourir aux armes, et par la seule autorité d'une supériorité morale incontestée, il faudrait que la nation eût encore le sentiment de sa dignité, et elle ne l'a plus ; il faudrait qu'elle comprît l'immense utilité d'une armée, et elle est tombée à cet égard dans la plus étrange ignorance ; il faudrait enfin qu'elle daignât penser que pour être défendue, elle doit au moins honorer ses défenseurs : or, il n'est point d'humiliations qu'elle ne leur fasse subir.

Dans le bon vieux temps, tu le sais, c'étaient le berger et les chiens qui gouvernaient le troupeau ; mais depuis que les loups ont été momentanément écartés, les moutons ont relevé orgueilleusement la tête. Ce sont eux aujourd'hui qui choisissent les pâturages. Le berger leur paraît un personnage presque mythologique, et ils n'en conservent un à leur suite que pour mémoire. Quant aux chiens, on calcule à un centime près ce qu'ils consomment ; on est outré de tant de voracité. Avaler tant de pain et produire si peu de laine, est un crime que le peuple mouton ne pardonne pas. Et puis, à quoi bon les conserver ? où est leur utilité ? ils savent mordre, soit ; mais aujourd'hui que reste-t-il à mordre ? Les loups ont disparu. C'est désormais une race antédiluvienne. Nous sommes gros et gras, disent-ils ; l'herbe est tendre et abondante ; évidemment, cet heureux temps durera toujours. En supprimant des chiens naturellement querelleurs, en vendant notre laine nous-mêmes, nous aurons double profit et plus de sécurité. Nos pères étaient des sots; nous sommes des gens d'esprit : rien n'est plus clair. Ainsi raisonnent ces excellents animaux.

Et ne va pas t'imaginer, mon ami, que ces absurdités se trouvent seulement dans la bouche de l'épicier ou du bonnetier. Figure-toi bien qu'elles ont cours parmi la jeunesse des écoles, comme parmi les hommes graves qui participent au pouvoir. Salons, bureaux, journaux et boutiques, si ardents à se disputer sur les moindres vétilles politiques, sont arrivés à la plus touchante unanimité pour convenir que la guerre, institution d'une époque de barbarie, est désormais passée à l'état de souvenir historique. Ceux qui ne veulent plus de la peine de mort, et qui pensent que le criminel est un type près de se perdre, rêvent aussi l'abolition de l'ennemi. On est très sérieusement persuadé que la guerre n'a lieu que parce qu'il y a des soldats. Supprimez l'armée, et vous n'aurez plus de guerre. Vous avez changé les couvents en casernes; avancez un pas de plus dans la civilisation, transformez les casernes en manufactures, et vous aurez l'idéal du bonheur social.

Aller dire à ces hommes que rien n'est plus funeste qu'une pareille tendance des esprits, leur représenter que c'est là un penchant naturel à toutes les vieilles civilisations corrompues par le luxe, et qu'il faut bien se garder d'y succomber à notre tour; leur rappeler qu'ainsi l'on raisonnait à Sybaris, à Athènes, à Rome, aux Indes, en Chine, quand Sybaris, Athènes, Rome, l'Inde et la Chine ont été dominées, conquises ou bouleversées, c'est peine perdue. Nous avons la paix en Europe depuis 1815, donc elle ne sera jamais troublée : telle est leur inébranlable logique. Essayez de leur citer l'histoire ; apprenez-leur, puisqu'ils l'ignorent, que c'est à cette longue paix de cent dix ans, maintenue par les Vespasien et les Marc-Aurèle, que Rome dut en grande partie ce fatal mépris des vertus militaires qui la rendirent pendant tant de siècles le jouet des barbares. Vain effort ! il est écrit que les bévues des pères seront éternellement perdues pour les enfants. Et qu'a-t-on besoin de citer l'histoire ? N'entrons-nous pas dans une phase toute nouvelle pour l'humanité ? Qu'y a-t-il de commun entre le passé et l'avenir ? Voyez nos chemins de fer ; et que pensez-vous des jeux de la Bourse ?

Tu étais avec ce brave colonel Pélissier aux grottes du Dahra. Tu m'as raconté la stupéfaction de l'armée quand elle apprit qu'il n'y avait, dans la presse, qu'un cri contre elle à ce sujet. Que veux-tu, mon ami, quand une population fait un pas dans l'absurdité, elle s'y enfonce jusqu'au cou. Nous avions cru jusqu'à ce jour que le principal mérite d'un soldat était de vaincre les ennemis de son pays ; qu'à ces jeux sérieux et terribles que l'on nomme combats, il s'agissait de tuer ou d'être tués. Nous suivions courageusement la marche tracée, les principes établis depuis quarante siècles, et nous étions bien loin de soupçonner la nouvelle législation adoptée récemment par les habiles gens de notre pays. Désormais, nous sommes avertis, et j'espère qu'à l'avenir, chaque colonel réclamera l'assistance d'un avocat sans l'avis duquel rien ne se fera. Tu comprends combien le besoin d'une telle institution se fait généralement sentir dans l'armée, à une époque où nous pouvons être honnis et vilipendés, parce que nous avons employé la fumée là où la balle ne pouvait rien. Combien ne devient-il pas intéressant de savoir jusqu'à quelles limites il nous est permis de pousser l'attaque et la défense ! C'est toute une charte à rédiger. Nous pouvons incendier un vaisseau et le faire sauter, ou le couler à la mer avec tous ses passagers ; nous pouvons bombarder une ville, et confondre l'innocent avec le coupable en faisant périr les femmes et les enfants. Cela est reçu ; parfaitement reçu. Mais si toute une population réfugiée dans une grotte est sommée de se rendre par un homme généreux ; s'il ne lui laisse pas ignorer qu'il va employer la fumée pour la faire sortir ; si elle sait parfaitement bien qu'il ne s'agit pour elle ni de l'esclavage ni de la mort ; et que malgré cela, des barbares vouent à la destruction leurs femmes et leurs enfants, c'est contre le digne chef qui n'a fait qu'obéir à l'une des tristes nécessités de la guerre, que l'opinion se soulèvera ! C'est lui qu'on rendra responsable du sacrifice volontaire de ces fanatiques ! En vérité, mon ami, voilà qui donne profondément à réfléchir. Le métier devient évidemment mauvais ; et je ne sais s'il vaudra bientôt la peine de risquer sa peau pour des gens qui vous en ont une telle obligation.

Ces messieurs n'ont pas encore rédigé leur code ;

cependant j'ai cru comprendre qu'ils n'avaient nulle pitié pour ceux qui mouraient par l'effet de l'une des armes connues, telles que le sabre, la lance, la baïonnette, la balle, la bombe et le boulet. Ils réservent toutes leurs sympathies pour ceux qui seraient victimes de quelque nouvelle invention. Garde-toi donc bien de mesurer la force de l'attaque sur les progrès de la défense ; c'est une idée arriérée et qui n'est plus de notre époque. Ne vas pas l'oublier, je t'en conjure : si l'ennemi se réfugie sur la glace, il est défendu de la briser ; sur un arbre, de le couper ; sur une tour, de la saper ; dans une île, de l'inonder ; dans une grotte, de l'enfumer ; dans un ballon, de le trouer. A mesure que j'apprendrai quelque nouvelle prescription, je t'en ferai part ; mais le plus sage parti, à mon avis, c'est de demander un avocat ou un journaliste pour diriger ton régiment, ce n'est qu'ainsi que tu pourras mettre ton honneur à couvert.

As-tu jamais vu un déchaînement pareil à celui des grands journaux contre notre habile, actif et vaillant maréchal Bugeaud ? Ton regard s'est-il quelquefois arrêté sur l'un de ces articles de la *Presse*, du *Siècle*, du *Commerce*, de la *Réforme*, du *National* , de la *Démocratie pacifique*, où la mauvaise foi le dispute à l'ineptie ? As-tu lu comment des hommes..., des écoliers probablement, qui ignorent jusqu'aux premiers éléments de l'art de la guerre, osent traiter le vainqueur d'Isly, le général le plus capable et le plus aimé des soldats, le plus illustre capitaine de l'époque ? As-tu parcouru ces incroyables colonnes, où sous la direction d'écrivains qui se disent patriotes, on rapporte tout ce que nous faisons sous un jour désavantageux, niant nos succès, exaltant le chef arabe, blâmant toutes nos opérations, offrant en place, avec une imperturbable assurance, des plans de campagne ou d'organisation à faire pouffer de rire, et affirmant... qui le croirait ! que nous avons *créé* un ennemi exprès pour nous donner le plaisir de le combattre (1)?

Oui, sans doute, il faudrait en rire, si de tels symptô-

(1) Depuis que ceci est écrit, tout le monde a pu lire l'étonnant discours de M. de Lamartine. N'est-ce pas le cas de dire : mon Dieu ! que les gens d'esprit sont... étranges ! Il s'est tû sept ans, à ce qu'il assure. Hélas ! Que ne s'est-il tû sept ans encore ? Il faut, dit-il, faire la guerre, non en peuple barbare, mais en peuple civilisé. Expliquons et précisons la question par un exemple. Au Mexique, les guerres civiles abondent; les deux partis se placent bravement à deux portées de canon, exécutent les manœuvres les plus savantes, font un vacarme de tous les diables, sillonnent pendant dix heures le champ de bataille de balles et de boulets. Le soir, hors un peu de fatigue, tout le monde se porte à merveille; s'il y a un vaincu, c'est celui qui, le premier, a manqué de poudre. Du reste, vainqueurs et vaincus rentrent en bon ordre à Mexico, et chacun va se coucher dans son lit. Voilà, certes, le vrai type des guerres *civilisées*. Eh bien ! je suis assez barbare pour trouver cela détestable, même au point de vue *humanitaire*. Il est vrai, qu'en ma qualité de défenseur de la patrie (expression très surannée), je ne jouis d'aucune espèce de droit de citoyen dans cette admirable société, où ceux qui nous gouvernent sont élus, non parce qu'ils sont braves, probes ou intelligents, mais parce qu'ils sont riches, où l'on prend les députés à l'enchère et les journalistes au rabais. Je n'ai donc pas ce sens particulier qui dirige la plupart de nos législateurs; je n'ai que le sens *commun*.

mes n'étaient pas alarmants pour la sécurité et l'indépendance de notre pays. Quand l'armée, qui agit beaucoup plus qu'elle ne lit, s'apercevra enfin de ce revirement bizarre de l'opinion ; quand elle apprendra, à son grand étonnement, qu'on doute de son utilité, qu'on la regarde comme une superfétation, un embarras, un reste de barbarie, qu'on marchande son juste salaire, qu'on dédaigne son dévoûment, qu'on discute la justice de ses actes, que penses-tu qu'elle fera ? Oh ! certes, elle toisera, du haut de son honneur, ses insolents détracteurs, et donnera sa démission. Et alors, Dieu prenne en pitié les scribes et les marchands !

Ils ignorent, ces imprudents journalistes, que chacun de leurs articles retarde de dix ans la colonisation de l'Algérie ; que chacune de leurs lignes coûte la vie à dix de nos soldats ; qu'Abd-el-Kader y puise les motifs de son opiniâtre résistance ; qu'il a fallu plus d'un siècle aux Romains pour s'assimiler ce beau pays, et que si l'on ne maintient le pouvoir militaire pendant trente ans encore, toute colonisation est impossible !

Tu sais que dès à présent ils veulent y introduire la légalité française, le gouvernement civil et la liberté de la presse, en prétendant que c'est le seul moyen d'en finir. C'est sans doute pour y mettre l'agiotage et la banqueroute sur le même pied que dans la mère-patrie, pour laisser grandir à son aise le Witikind de l'Afrique, et pour l'instruire plus gracieusement de tout ce que nous méditerons contre lui ! Puis, ces hommes savants vous citent froidement l'Inde anglaise qui n'a été conquise que par des gouverneurs militaires à qui on laisse tout pouvoir, et ils nous engagent gravement à nous conformer à un si bel exemple ! Y a-t-il assez de sifflets?

· A entendre ces despotes de l'opinion, M. le maréchal Bugeaud fait la guerre pour son amusement. Il n'aurait qu'à se tenir tranquille, et les Arabes deviendraient doux comme des agneaux. Mais qu'a-t-il donc tant à se démener ! disent-ils. Voyez comme cet homme est pétulant ! Pourquoi s'amuse-t-il sans cesse à tracasser ce pauvre Abd-el-Kader qui ne demande que le repos? Arrêtons-nous donc ; hâtons-nous de finir la guerre ! Eh ! sans doute, hâtons-nous d'en finir. Peuplons ce beau pays d'Européens ; attirons-y un million de laboureurs et d'artisans qui en assureront à tout jamais la possession à la France ; mais que faut-il pour cela, ô politiques profonds? Que nos soldats ne cessent pas de vaincre, et que vous cessiez de les outrager.

Mais quoi ! s'écrient-ils alors fièrement, vous osez attaquer la presse ! Vous voulez la mutiler ! homme du sabre ! suppôt de la tyrannie ! vous voulez mettre des entraves à la plus précieuse de nos libertés ! — Eh ! mon Dieu, non, messieurs ! Cette liberté, je l'aime comme vous, je la désire, je la veux : il doit être permis d'écrire comme il est permis de boire. Seulement, quand on est saoul, il faut se taire : voilà tout le nœud de la question.

J'en étais un jour là de mes sombres réflexions sur ce sujet affligeant, lorsque le livre des Juifs de M. T. me tomba sous la main. A travers une foule d'excellentes choses, je ne tardai pas à m'apercevoir que l'armée était la bête noire de l'auteur. Je démêlai très clairement qu'il ne s'agissait pas ici de quelques sarcasmes isolés, de quelques plaisanteries sans importance, mais qu'il y avait chez lui projet arrêté, formel, mission acceptée ou choisie de détruire l'armée dans l'opinion, afin d'arriver, dans un temps plus ou moins prochain, à sa complète abolition. Je me livrais précisément alors à l'étude de Fourier, et me trouvant quelque sympathie pour ses théories, je me procurai la *Démocratie pacifique*, pour voir comment ses disciples le comprenaient et le continuaient. Le hasard voulut que mes yeux s'arrêtassent d'abord sur un article *analogique* de ce même M. T... Tu n'as sur Charles Fourier que des idées assez vagues : il faut donc qu'avant tout je t'en dise un mot.

Cet homme singulier a usé obscurément sa vie à projeter une nouvelle organisation sociale. Suivant lui, l'homme est mu par douze passions qui sont toutes bonnes et légitimes. L'art du législateur consistera désormais à leur donner pleine satisfaction, et à ajuster les lois sur les penchants. Une association de dix-huit cents personnes, portant le nom de Phalanstère doit être l'élément de la société. Un grand nombre de phalanstères seront placés sous la juridiction d'une ville ; plusieurs villes formeront la province, plusieurs provinces des royaumes, plusieurs royaumes des empires. La réunion de tous les empires formera enfin l'*omniarchat* du globe. Fourier se flatte que l'association enfantera des merveilles. La richesse sera décuplée; le moindre manœuvre vivra plus somptueusement que nos rois actuels. S'il s'était arrêté là, en mettant à part bien des exagérations, et en lui tenant compte d'un amour réel de l'humanité, on aurait pu trouver quelque plaisir à rêver avec lui l'âge d'or qu'il promet à l'homme. Malheureusement l'appétit lui vint en mangeant ; après avoir disposé de la terre, il voulut réglementer le ciel, et enfanta, en cosmogonie et en théologie, les idées les plus bizarres qui aient jamais été hasardées de mémoire de philosophe. Mais ce n'est pas tout : comme son futur royaume doit porter le nom d'*harmonie*, il a vu des *gammes* partout, et a donné sérieusement une théorie des passions fondée sur des octaves, des tierces et des quartes. Grâce à lui, chacun sait maintenant que l'androgamie est un accord de tierce, et la polygamie un accord de sixte. Il distingue les passions en mode majeur et en mode mineur, en consonnances et en dissonances ; d'où il s'ensuit qu'un coup de poing, par exemple, pourrait être parfaitement représenté par l'accord dissonant *si do*. Une science plus merveilleuse encore a été fondée par cet homme étonnant : c'est celle des *analogies*. Il n'est pas une affection, un sentiment, un caractère, une position sociale qui n'ait son analogue dans les trois règnes. Tu prendrais n'importe quoi, un chardon, un caillou, une gousse d'ail, et tout bon disciple de Fourier te dirait, à l'instant et sans hésiter, ce qu'il signifie dans l'ordre moral. Il est vrai qu'en comparant les réponses faites par divers adeptes à une même question, on trouve toujours des résultats entièrement différents. Mais ceci n'enlève rien à l'autorité de la méthode ; ce ne sont que des exceptions qui confirment la règle.

C'est dans cette admirable *science* que s'exerçait M. T., lorsque le hasard me fit jeter les yeux sur son feuilleton. Il traitait précisément son sujet favori, l'abolition de l'armée, et j'eus le plaisir d'y apprendre que l'ouvrier est une *châtaigne* des plus utiles pour l'alimentation, tandis que le soldat n'est qu'un *marron d'Inde* surchargeant inutilement les champs et ne brillant que par son panache. Je t'avoue qu'à ce dernier coup de pied, la patience m'échappa. Surmontant enfin ma paresse et mon peu d'habitude de ces sortes de luttes, je crus devoir protester au nom de l'armée, par trop silencieuse selon moi ; et m'arrêtant vingt-quatre heures dans une petite ville du Midi, j'écrivis à l'auteur cette boutade, dont notre ami C** t'a parlé, et que je transcris ici, selon tes désirs.

A M. ALPH. T.

Pau, 7 janvier 1846.

« MONSIEUR,

« Je ne savais à quoi attribuer votre ardente anti-
« pathie pour l'armée, lorsque j'ai appris qu'en Al-
« gérie, par suite sans doute de votre talent ora-
« toire, vous aviez éprouvé quelque léger désagré-
« ment. Si c'est là le seul motif qui vous porte à dé-
« nigrer l'institution militaire, et à en poursuivre de

« toutes vos forces l'abolition, je le trouve peu digne
« d'un philosophe qui comme vous se pose en ré-
« formateur, et prétend réunir en peu de temps toutes
« les volontés pour les faire concourir au même but.
« Je ne ferai pas ressortir, Monsieur, tout ce qu'a de
« petit et d'étroit le sentiment ou la *passion* qui vous
« engage à appeler la haine ou le ridicule sur ceux
« qui meurent, même pour vous, quand le pays le
« leur commande. Si demain un officier de vaisseau
« ou un magistrat vous donnait quelque sujet de
« plainte, vous pousseriez donc à l'abolition de la
« marine et de la magistrature? Quelle singulière
« grandeur d'âme ! Quand, comme vous, on se croit
« appelé à donner, dans un journal, des leçons au
« monde, il faudrait au moins y apporter la vraie
« science de l'homme d'état et la modération du
« sage. Il est vrai que ces vertus surannées convien-
« nent peu à un homme *passionné*, et vous faites
« gloire de l'être ; on s'en aperçoit en effet.

« Tout ce que je peux vous dire, Monsieur, c'est
« que le régime du sabre vaut infiniment mieux que
« le régime du poison et de la calomnie que vous et
« vos pareils distillez impunément chaque jour dans
« les journaux. Ce que les chrétiens, avec la langue
« et la plume, ont eu de la peine à faire en cinq
« cents ans, Mahomet avec le sabre l'a fait en dix
« ans. Qu'Alexandre eût vécu, que Napoléon n'eût
« pas été vaincu par les éléments, et le globe jouis-
« sait de ce calme et de cette union que vous ne lui
« donnerez jamais avec vos déclamations. C'est par

« le sabre que les Romains ont établi une paix univer-
« selle ; c'est par les bavardages théologiques que
« l'Europe est retombée dans la barbarie. Et n'est-ce
« pas par le sabre que vos amis veulent coloniser Ma-
« dagascar? Pourquoi donc vous déplaît-il tant en
« Afrique? Il faudrait des volumes, Monsieur, si je
« voulais vous offrir toutes les preuves et de vos con-
« tradictions et de l'ignorance profonde où vous vé-
« gétez. Vos pasquinades contre l'armée excitent le
« dégoût et la répulsion de tout homme qui pense.
« Ma sympathie pour Fourier expire quand je le vois
« soutenu par un disciple aussi inconsidéré que vous.
« Chercher à discréditer l'esprit militaire chez un
« peuple civilisé et déjà trop enclin à la mollesse,
« tant qu'il restera debout une seule nation barbare,
« c'est appeler un nouveau moyen âge, c'est non-
« seulement faire acte de mauvais citoyen, mais c'est
« donner la preuve d'une stupide imprévoyance.
« Vous avez de l'esprit, soit ; vous avez le talent d'é-
« crire, j'en conviens. Mais ce talent est moins esti-
« mable que celui du billard ou du bilboquet, s'il
« n'est pas uni au jugement, s'il vous sert à mécon-
« naître ou à étouffer la vérité. Vous vous escrimez
« à nous faire accroire que la morale de Fourier est
« précisément celle du Christ ! Fourier exaltant et
« justifiant toutes les passions ; Jésus-Christ les com-
« primant toutes ! L'un offrant le royaume de la
« terre, l'autre le royaume des cieux?.... Allons
« donc, Monsieur, vous nous prenez pour ce que
« vous êtes. Quoi de plus propre encore à nous re-

« plonger dans les ténèbres du dixième siècle que
« vos burlesques dissertations soi-disant savantes sur
« les gammes et les analogies passionnelles ? Heureu-
« sement qu'on les apprécie à leur juste valeur, et
« il faut que vous vous aveugliez étrangement si
« vous croyez qu'un seul homme de sens y donne la
« moindre attention. C'est une *science*, exclamerez-
« vous ! et pour preuve, à chaque demande d'ana-
« logie, vous donnez hardiment la première réponse
« venue. Littérature chinoise, s'il en fut jamais.
« *O tempora !*... ô Fourier ! voilà donc le progrès que
« tu nous avais promis !

  « Cependant, moi aussi, Monsieur, instruit à votre
« école, sans doute, je connais quelques unes des
« lois de l'analogie, et si l'on me demandait celles
« qui vous concernent, je répondrais très hardiment
« à mon tour, qu'au moral vous ressemblez au sal-
« timbanque ; sous le rapport physiologique, au cra-
« paud, et comme légume, au cornichon.

  « Veuillez agréer, Monsieur, l'expression de ma
« répulsion la plus distinguée.

« Un inspecteur général en tournée. »

Quelques jours après, M. T. m'honora d'une réponse. Elle était assaisonnée de plaisanteries assez
bonnes, et d'injures assez médiocres. Il paraît que
j'avais frappé juste, et que j'avais touché à une fibre
des plus délicates. *Genus irritabile*, mon ami ! Il ne
fallut rien moins que deux feuilletons pour me terras-
ser. En fait d'étude du cœur humain, cette réponse

est vraiment curieuse et pourrait t'intéresser. Mais comme la reproduction des chefs-d'œuvre d'auteurs vivants est interdite, je me contenterai de t'en donner une idée succincte, en appuyant sur les points moraux et politiques de la question.

Après avoir déploré son malheur d'être obligé d'abandonner cette admirable littérature d'*analogies* dont il était l'heureux inventeur, après Fourier, M. T. se venge de l'épithète analogique de *cornichon* que j'avais cru devoir lui infliger d'après les règles scientifiques établies par lui-même, en m'adjugeant 1° celles de *culotte de peau* et de *houx* applicables à toute l'armée ; 2° celle de *potiron* ; 3° celle de *crocodile* ; 4° celle de *scarabée* ; 5° celle de *scorpion*, insecte venimeux, hideux et ennemi de la lumière (1). Il affirme, d'après mon style, qu'il est impossible que je sois autre chose qu'un brave *hôme*, une baïonnette inintelligente, habile tout au plus à inspecter des boutons de guêtres. Quant aux officiers sortis des écoles militaires, oh ! c'est bien différent ! Ceux-là ne sont ni le houx farouche, ni la culotte de peau (2). Ce sont ses amis, ceux-là ; ce n'est certes pas eux qui auraient songé à troubler sa béatitude, ni à prendre fait et cause pour l'armée !

Et d'ailleurs, s'écrie-t-il, comment peut-on m'accuser de dénigrer l'armée ? N'est-ce pas moi qui l'ai

----

(1) L'honorable analogiste prend son encrier pour une lumière !

(2) De Pau, selon l'ingénieux calembourdier.

appelée *la plus belle de toutes les institutions civilisées ?*
Puis, pour édifier tout le monde sur ses véritables senti-
ments, il fait remarquer *le luxe excessivement coûteux
d'une armée permanente (marron d'Inde), uniquement bonne à parader au Carrousel et à réjouir d'aise
le moutard belliqueux et l'épouse du garde national ;
les ravages que le commandement trop prolongé de
l'exercice à feu peut produire en certaines intelligences ; les vices de l'éducation imposée à ces glorieux
débris d'un autre âge, qui savent la géographie au
point de prendre Pondichéry pour une île ; la sublime
illusion de ces infortunés pioupious que l'on prend
pour dupés en leur faisant accroire que tout conscrit
porte dans sa giberne le bâton de maréchal de France ;
l'avidité de tous les amiraux, généraux et maréchaux
de France qui s'associent sans vergogne aux manœuvres
d'accaparement et d'agiotage des Juifs, et qui leur
vendent leurs titres et leurs grades pour servir d'éti-
quettes et d'enseignes à leur ignoble industrie ; et enfin
la fausseté de cette vieille blague des braves qui meurent pour le pays, avec laquelle il serait bien temps
d'en finir* (1).

Voilà dans quels termes honorables mon spirituel
antagoniste juge à propos de prouver sa sympathie
pour l'armée. Il n'est pas moins logique en ce qui
concerne la religion. Je m'étais borné à dire que la
morale du Christ était *autre* que celle de Fourier, que

----

(1) Tous ces passages sont textuels (Voir la *Démocratie pacifique*, 17 et 18 janvier 1846).

le sabre pouvait quelquefois répandre les idées civi-
lisatrices plus vite et plus efficacement que la parole
ou les écrits; qu'un monarque universel amènerait la
paix universelle. Là-dessus, mon savant phalanstérien
oublie que Fourier a émis les mêmes idées que moi;
il suppose très gratuitement que je donne la préférence à l'une des doctrines *comparées*, et m'accorde
généreusement, comme maître du logis sans doute,
le royaume des cieux promis aux pauvres d'esprit.
Que penses-tu des heureuses inspirations de ce nouveau *voyant?* N'est-ce pas le cas de se demander :
num etiam, et T... inter prophetas ?

Je te fais grâce du récit détaillé de son aventure
d'Algérie. Il y prouve exactement ce que j'avais avancé;
savoir : qu'après avoir tranché du petit Minos, et avoir
jeté assez despotiquement les fondements d'un nouveau royaume d'Eldorado, sur cette terre encore
vierge de bonheur, un malheureux conflit d'attribu-
tions, amené par trop d'esprit d'un côté, trop de
morgue de l'autre, avait enfin obligé l'autorité mili-
trire à renverser par un coup d'état le pouvoir du
monarque improvisé, et à le faire reconduire poliment jusqu'à la frontière voisine, ainsi qu'il est d'u-
sage en pareils cas, à l'égard des têtes couronnées.
Ce qu'il y a de profondément affligeant, c'est que
personne n'a voulu admettre la plainte légitime du
prince dépossédé, et qu'il en a été pour ses bécassines
et ses parties de domino, livrées ou perdues en vue de
l'union des deux pouvoirs. Tant les idées révolution-
naires ont acquis d'empire dans notre pays !

Je termine ici, mon ami, le récit rapide mais exact de mon débat avec l'un de ces hommes puissants que l'on nomme journalistes et phalanstériens, devant lesquels nous, hommes d'épée, nous, successeurs plébéiens des anciens seigneurs féodaux, nous devons aujourd'hui baisser pavillon. Ce serait une curieuse étude que celle de rechercher comment il se fait que l'homme de guerre, qui, à toutes les époques historiques, a été considéré comme le bras et le cœur de la nation, se trouve en ce jour mis à l'index, et en quelque sorte renié par elle. Et pourtant l'armée n'a-t-elle pas en même temps qu'elle subi les mêmes transformations ? Quand le peuple a vénéré la religion, n'avons-nous pas créé les ordres religieux ? Quand il a honoré la noblesse, n'avons-nous pas été nobles ? Quand il n'a plus rougi de sa roture, n'est-ce pas dans son sein que nous nous sommes recrutés ? N'avons-nous pas toujours été, ne sommes-nous pas encore sa chair et ses os ? Le vrai peuple ne s'y trompe pas, lui qui court toujours avec tant d'ardeur à la représentation des batailles. Il sait bien, lui, véritable travailleur, que notre prétendue oisiveté est indispensable au libre exercice de ses travaux, que notre bras protège son bras, et que l'industrie est nulle si elle ne s'abrite à l'ombre de la force. Comment des idées si simples ont-elles pu s'obscurcir à ce point ? C'est que malheureusement nos nouvelles lois ont basé le mérite uniquement sur l'argent. Aujourd'hui qu'on n'est *citoyen* qu'autant qu'on est électeur, qu'on n'est électeur qu'autant qu'on possède une certaine étendue de terrain, un officier n'est plus membre de la cité. Les anciens, plus sincères que nous, l'auraient classé parmi les esclaves (1). Si l'homme qui a eu l'honneur de commander un régiment était par cela seul éligible à la chambre des députés, si sa présence parmi les fondateurs d'un journal équivalait à un cautionnement de cinquante mille francs; si des prérogatives analogues et à des degrés proportionnels aux grades étaient accordées aux autres officiers, messieurs les industriels, messieurs les journalistes, messieurs les députés, ces trois grandes puissances de l'époque, sentiraient la nécessité de compter avec nous, et nous accorderaient peut-être par égoïsme l'estime qu'ils nous doivent par pur amour du bien public. Mais cela n'est pas, cela ne sera qu'autant qu'on préférera l'honneur et le dévoûment

(1) A Athènes, le titre de *citoyen* n'était accordé légalement qu'aux hommes inscrits dans les trois premières classes instituées par Solon, parce que seuls ils jouissaient des droits politiques dans toute leur étendue. Voilà pourquoi le nombre en était si restreint. Le reste de la population se composait de thètes, hommes du peuple, libres et jouissant de certains droits, mais obligés de travailler pour vivre, d'affranchis, d'étrangers ou métèques, et enfin d'esclaves. On les confondait tous sous la dénomination générale de *Douloï* (asservis, sujets, menu peuple), terme qui s'appliquait plus spécialement encore aux esclaves. Voilà ce que nos savants n'ont pas encore bien su comprendre jusqu'à ce jour.

On ne peut, en France, donner logiquement le titre de *citoyen* qu'aux électeurs : si l'on voulait appliquer le principe athénien dans toute sa rigueur, il faudrait même le réserver pour les seuls *éligibles*; tout le reste doit être classé parmi les *Douloï*.

au matérialisme du veau d'or et au néant du journalisme. En attendant ce jour impossible, tu veux connaître la réponse qu'en ma qualité de *sabre inintelligent* j'ai faite, il y a quelques mois, à *la plume infaillible* qui m'a si rudement gourmandé. Tu me blâmes de ne l'avoir montrée qu'à un petit nombre d'amis ; tu penses qu'il serait utile de la livrer à la publicité, et tu veux même m'en épargner tous les embarras. Je te l'abandonne donc, illustre Mécène ! Qu'elle devienne en ce jour ta propriété. Puisse-t-elle faire comprendre au public qu'un journaliste peut avoir tout l'esprit du monde, sans posséder la plus légère trace de jugement, et que malgré sa placide bonhomie, si l'armée se laisse jamais immoler, se sera, comme toujours, sur l'autel de la patrie, et non en vertu de je ne sais quel royaume imaginaire qui n'existera jamais que sur le papier.

LETTRE

D'UN SABRE ININTELLIGENT

A UNE

PLUME INFAILLIBLE.

———

Brest, 15 février 1846.

J'aurais bien désiré, ô respectable plume ! pouvoir répondre plus tôt aux choses honnêtes que vous avez bien voulu dire de moi dans vos fraternels articles des 17 et 18 janvier, en réponse à la lettre malencontreuse de l'inspecteur-général en tournée ; une occupation des plus importantes, la revue des boutons de guêtres qu'on embarque pour Madagascar m'a retenu jusqu'à ce jour (1). Passez ce léger anachronisme à un sabre des plus inintelligents qui se croit encore en pleine civilisation (2), et permettez-lui de faire un humble et

(1) A l'époque où cette lettre fut écrite, la *Démocratie pacifique* poussait, de toute son éloquence, à la conquête de Madagascar qui paraissait, en effet, décidée par le ministère. Ce premier projet a été sagement abandonné. Mais une expédition sera tôt ou tard nécessaire pour relever le pavillon national.

(2) On sait que les fouriéristes veulent remplacer la civilisation par l'harmonie.

dernier effort pour vous ramener aux lois de la logique, dont il me paraît que vous faites, en général, un
assez médiocre usage.

Et d'abord, j'ai quelque chose de bien accablant à
vous annoncer. Cette fameuse lettre qui vous a piqué
à l'endroit sensible, avouez-le, était, le croiriez-vous?
d'un ami de vos amis, déjà convaincu du mérite du
maître, pas tout-à-fait encore du vôtre, et tout prêt à
se dévouer à la sainte cause des travailleurs, si vous
consentiez à abandonner quelques graves erreurs telles
que celle de la suppression de l'armée, l'identité des
doctrines du Christ et de Fourier, l'importance des
gammes et l'agrément des *analogies*. Bien plus, le houx
farouche a précisément reçu l'éducation brillante qui
le transforme à vos yeux; il est sorti de l'une des écoles que vous affectionnez, il est partisan éclairé de
toutes les réformes sociales, déplore la guerre autant
que vous, n'a pas du tout fait l'apologie de Mahomet,
et s'est borné à dire qu'une conquête universelle fa-
voriserait l'avénement du bonheur universel. Est-il
donc ou n'est-il pas *culotte de peau?* A travers toutes
vos contradictions, la décision paraît difficile. Quant à
moi, si vous me demandez ce que j'en pense, je ré-
pondrai ingénuement que vous ne savez pas lire.

En vous écrivant quelques lignes, ô plume mal ins-
pirée! je ne voulais que vous donner un conseil plein
de charité. La forme était rude, peut-être, mais il fallait que le coup portât et que l'empreinte fût solide.
La lettre était d'ailleurs pour vous seul; il ne s'agissait nullement de la livrer à l'impression, attendu,

comme vous l'avez fort bien remarqué, que mon style n'a rien de commun avec le vôtre, Dieu merci! Par conséquent, pas d'insulte, d'intention du moins; et pour vous tranquilliser une bonne fois sur ce point, sachez que je vous tiens pour brave de cœur, bien fait de votre personne, écrivain plein d'esprit, bon fils, bon époux, garde national des plus ponctuels; est-ce clair? Mais après ces aveux touchants, permettez-moi de vous dire, qu'en ce qui concerne du moins les sujets que nous traitons vous et moi avec tant d'aménité, il vous manque justement...... hélas! quoi? Peu de chose.... ce qui distingue l'homme de la bête.

Le mot est-il dur? soit; j'en conviendrai, si vous voulez. Mais que diantre, après tout! Vous me soutenez que rien n'est admirable comme vos *analogies :*

> Pour les trouver ainsi vous avez vos raisons ;

Qu'il faut absolument que je déterre quelque harmonie dans vos *gammes!*

> Hors qu'un commandement exprès du roi ne vienne....

Que dans le cas contraire, je serai culotte de peau, houx, coléoptère, scorpion ; qu'on me déchirera, coupera, foulera, écrasera. Eh! mon Dieu! C'est vieux comme Nannacus, et on me l'a répété cent fois lorsque je n'étais encore que toute petite culotte de peau :

> Qui méprise Cotin, méprise aussi son roi,
> Et n'a, selon Cotin, ni foi, ni Dieu, ni loi.

Comment, plume du progrès, pouvez-vous laisser prendre l'amour-propre de vos barbillons à un tra-

quenard si usé, et me forcer ainsi à vous rappeler des
maximes d'un rococo si vermoulu, qu'elles ne sont pas
même consolantes ! Voulez-vous me croire? Amen-
dez-vous. Apaisez ces fumées qui vous font prendre
tout contradicteur en pitié; modérez cette *passion-là*
jusqu'à ce qu'elle puisse être utilisée dans quelque phalanstère ; cessez de vous croire infaillible, ô grand
Lama ! et souffrez la critique, ô critique !

Votre école a malheureusement un défaut capital.
C'est de penser que tout est dans Fourier; qu'il a tout
prévu, tout trouvé, tout *révélé;* que la sagesse ancienne
n'est qu'erreur, qu'en lui seul est le fondement de toute
la science moderne, que son livre contient tout, religion, jurisprudence, physique, beaux-arts, histoire et
industrie (1). Prenez-y garde, au nom du ciel! Une
telle prétention ne tend à rien moins qu'à vous faire
inscrire par tous ceux qui s'occupent d'*analogies* dans
la classe assez mal famée des *homards.* Vous savez,
en effet, que cet apôtre (je parle d'Omar) ne réduisit

---

(1) Cela n'est pas même vrai pour cette théorie des *oisifs* ni
pour ce *travail attrayant* dont on fait tant de bruit et qu'on présente comme une découverte. Vingt-huit siècles avant Fourrier,
Hésiode disait à son frère : « Les dieux et les mortels haïssent également celui qui vit dans *l'oisiveté,* semblable en ses désirs à ces
frêlons privés de dard qui, tranquilles, dévorent et consument le
travail des abeilles. Livre-toi avec *plaisir* à d'utiles *ouvrages.*
C'est le *travail* qui multiplie les troupeaux et accroît *l'opulence.*
En *travaillant* tu seras bien plus cher aux dieux et aux mortels,
car les *oisifs* leur sont odieux. Ce n'est point le *travail,* c'est *l'oisiveté* qui est un *déshonneur.* » — (Tr. et jours.)

en cendres la fameuse bibliothèque d'Alexandrie que
parce qu'il accordait au Koran le culte fanatique que
vous professez pour les œuvres de Fourier. Ne l'imitez
pas, ô plume brûlante ! Grâce pour tant de chefs-
d'œuvre que j'aime ; et surtout n'espérez pas pouvoir
les remplacer par les vôtres. Je suis trop Lucullus pour
ne pas m'apercevoir de la différence des mets ; et, ose-
rai-je vous le dire ?.... j'ai peu de goût pour le brouet
noir. J'accepte d'autant plus volontiers la place que
vous me donnez au royaume des cieux, que j'espère y
être dispensé de lire vos analogies. Mais veuillez me
dire où vous avez lu vous-même que je *préférais* la morale du Christ à celle de Fourier. Est-ce dans ma *première aux cornichons ?* Il faut l'être, en effet, pour y
découvrir le moindre vestige de cette pensée. Veuillez
y jeter un nouveau coup d'œil, si ce n'est pas trop
vous crisper les nerfs ; vous y verrez que j'ai dit que
ces deux morales étaient *diverses*, *différentes*, s'ap-
puyaient sur des bases diamétralement *opposées*. Pas
un mot de préférence ni pour l'une ni pour l'autre.

Maintenant voulez-vous savoir une partie de ma
pensée ? Il est évident que le Christ est pour les nova-
teurs de nos jours ce que Louis XIV enfant était pour
les ambitieux de son époque. C'est à qui s'en empa-
rera pour gouverner en son nom. Ne lui attribue-t-on
pas, en effet, l'émancipation de la femme, déjà pas
mal émancipée au temps des Spartiates et des Romains ? L'invention de la fraternité humaine, recon-
nue de tout temps ? La suppression des castes, déjà
supprimées par Boudha ? Les principes de notre révo-

lution, qui eurent pour premier résultat la proscrip-
tion de ses prêtres? et même l'abolition de l'esclavage, quoiqu'il ait été constamment admis parmi les
chrétiens depuis dix-huit cents ans et qu'il soit très
vivace encore malgré tous les efforts de la philosophie?
En confondant de propos délibéré la morale de Fourier et celle de Jésus-Christ, vous venez aujourd'hui
continuer cette excellente plaisanterie. Vous faites bien!
Profitez, tandis que le mensonge règne encore; n'at-
tendez pas la réaction, elle ne peut tarder.

Ai-je donc besoin de vous l'apprendre? La philosophie ancienne disait : *usez, n'abusez pas*. Jésus-
Christ est venu et a dit : *n'usez pas*. Enfin, Fourier
arrive et s'écrie : *abusez!* Vous voyez bien, plume éga-
rée, que voilà trois philosophies parfaitement distinctes
et qu'il n'y a pas moyen de les confondre.

Jésus-Christ disait : complaisez-vous dans vos souf-
frances; mortifiez-vous, ne vous amassez point de tré-
sors sur la terre; donnez tout ce que vous avez; ne
prenez nul souci du lendemain; ne pensez qu'à mon
royaume qui n'est pas de ce monde. Et vous en avez
conclu que cela signifiait littéralement : abandonnez-
vous à toutes vos passions; devenez de vrais sybarites;
enrichissez-vous; augmentez votre capital; livrez-
vous au travail attrayant, et faites-vous un paradis sur
ce globe. Admirable traduction où vous avez su conserver du moins votre habituelle originalité.

Je n'insiste pas sur votre cosmogonie, ni sur l'état
des âmes après la mort, ni sur la vraie nature de votre
verbe. Une simple lecture suffit pour donner la certi-

tude que ces théories n'ont absolument rien de commun avec la croyance des chrétiens. En affirmant précisément l'opinion contraire, quel est donc votre but? Il ne faut pas être bien malin pour le deviner..... Mais l'artifice est par trop grossier. Que le loup se déguise tant qu'il voudra sous l'habit de Guillot, une seule voix suffira pour le démasquer et le prendre en flagrant délit de mensonge. Est-ce bien sur cette base mouvante que vous auriez dû édifier la statue de Fourier? Comment voulez-vous que le monument soit durable? Si, en effet, vous avez une *nouvelle vérité* à nous révéler, ne subalternisez pas le grand homme de qui vous la tenez; ne reniez pas votre maître.

Ce point bien réglé, passons, s'il vous plaît, au département de la guerre. Vous prétendez, je crois, qu'on ne pourrait trouver dans vos ouvrages aucune attaque contre l'armée. Vous dites qu'au contraire vous aviez écrit que c'était *la plus belle de toutes les institutions civilisées.* Je suppose que vous avez lu vos ouvrages; dès lors vous pouvez me dire ce que signifient les phrases suivantes recueillies au hasard dans votre livre des Juifs :

« Depuis que j'ai atteint l'âge de raison, le goût
« des soldats m'a passé. »

« Il faut délivrer l'Algérie du joug intolérable et
« inintelligent du despotisme militaire.

« Il faut abolir la guerre, glorifier le travail, trans-
« former les armées destructives en armées produc-
« tives. »

« A mesure que les chances de la guerre avec l'é-

« tranger s'éloignent, le métier des armes perd néces-
« sairement de son prestige ; en France l'esprit mi-
« litaire s'affaiblit. »

« Enfin il ne manquait plus que le ridicule et l'o-
« dieux pour achever chez nous l'esprit de la guerre. »

« Entre temps l'esprit de paix et de conquête scien-
« tifique a gagné chez nous tout le terrain que l'es-
« prit batailleur a perdu. »

« L'érection des Bastilles de Paris, dressées contre
« l'opinion du dedans et non contre l'ennemi du
« dehors, n'est pas faite pour rendre à l'armée la po-
« pularité qu'elle n'a plus. Bientôt le pays demandera
« par la voix de ses représentants que l'armée soit
« tenue de donner son travail à l'État en indemnité des
« centaines de millions qu'elle absorbe. L'armée nous
« a coûté cinq milliards depuis 1830. »

« L'armée actuelle, établie sous l'ancien principe de
« guerre, a été organisée pour la destruction. »

« La transformation de l'armée destructive en ar-
« mée productive exige une organisation nouvelle, où
« la science de l'ingénieur tienne plus de place que
« la seule bravoure et le seul dévoûment. La bêche
« et le niveau ont plus à faire désormais pour le ser-
« vice des peuples que la baïonnette et l'épée. L'ex-
« ploitation des carrières et les réjouissances publiques
« absorberont à l'avenir plus de salpêtre que le ca-
« non. »

« Les guerres sont désormais impossibles. Les ca-
« sernes et les citadelles sont de trop. Il faut les trans-
« former en ateliers de travail. »

Que signifient encore ces passages de votre flam-
boyante réponse à la culotte de peau, où vous parlez
de *ces pauvres intelligences* influencées par le commandement trop prolongé de l'exercice à feu, de ces
glorieux débris d'un autre âge qui ne sont pas respon-
sables des vices de l'éducation qu'on leur a imposée;
de l'infortuné *pioupiou* trompé par de vaines espéran-
ces; de cette *blague* des braves qui meurent pour le
pays, *avec laquelle il faut en finir?*

Que signifie enfin cette phrase : Une nouvelle no-
tion de l'*honneur* se forme dans la conscience publique ; on l'attribue à celui qui *produit*, qui est utile à
ses semblables; le *déshonneur*, on en frappe celui qui
détruit, qui est nuisible à ses frères (1).

En face de ce réquisitoire, vous le voyez, il n'y a
plus moyen de nier. Avouez-le donc hautement. Ayez
le courage de votre opinion. Quel qu'en soit le motif,
la plus belle des institutions civilisées, selon vous-
même, l'armée en un mot, est la première que vous
voulez sacrifier sur l'autel du monde harmonien. Vous
vous êtes dévoué à cette idée, corps et âme; vous ne
perdez jamais une occasion de frapper. Factice indi-
gnation, ironie, ridicule, calculs faux ou exagérés,
insinuations malveillantes, appel aux passions égoïstes,
tout vous est bon.

Et en présence de faits aussi patents, d'une attaque
aussi virulente, vous espérez que l'armée battra des
mains et applaudira! Vous voulez nous supprimer d'un
trait de plume, nous condamner aux *travaux forcés*,

____

(1) *Démocratie pacifique* du 25 janvier 1846.

nous *déshonorer* aux yeux du public, et nous irons soutenir votre journal ! Quand l'un de nous aura une jambe cassée, un bras amputé, un membre gelé ; quand il se trouvera estropié pour la vie ; quand il pleurera la mort d'un ami, d'un frère ou d'un fils, vous viendrez lui dire froidement, durement : Ce travail-là était improductif ; le pays n'en tient aucun compte ; il ne fallait pas se trouver là ; ce prétendu dévoûment n'est qu'une vieille blague !.... Mais savez-vous bien, ô plume véritablement infernale ! qu'il y a là de quoi faire retourner toutes les culottes de peau contre vous ! Et remarquez, s'il vous plaît, que les plus acharnées ne seront pas les plus vieilles, mais bien les jeunes et les plus fortement cousues à qui vous barrez et désenchantez l'avenir. Comptez donc fort peu sur les sympathies des jeunes officiers sortis des écoles ; ils ne sont pas, ils ne peuvent être les *amis* de celui qui d'avance flétrit leur dévoûment et appelle le déshonneur sur toute leur carrière ; ou bien le clavier des douze passions serait complétement faux. Quant aux autres officiers que vous, *ami du peuple*, écrasez de votre dédain aristocratique, et qui ont le tort, bien grave en effet, de prendre Pondichéry pour une île, je me bornerai à vous faire remarquer très humblement que s'ils connaissent mal l'emplacement de cette colonie, ils ont su, dans le temps, la conquérir à la France, ce qui vaut un peu mieux que cette science de scribe et d'écolier dont vous vous targuez (1).

(1) On pourrait aussi demander à M. T. si ces honnêtes *travailleurs* à qui on veut sacrifier l'armée savent où est Pondichéry.

Si je voulais traiter ce sujet à fond, j'écrirais nécessairement un gros volume, et je veux bien m'en garder. Disons-en donc seulement quelques mots. Et premièrement, veuillez remarquer, je vous prie, que, du moins jusqu'à ce jour, dans le monde civilisé, ce sont les hommes de plume qui déclarent la guerre, et que les hommes de guerre ne font qu'obéir ; remarquez encore que les *pioupious* sont des hommes du peuple, *forcés* par vous-mêmes d'aller se faire tuer, et frères de ces travailleurs à qui vous promettez, si généreusement, trente-six plats et cinq repas par jour au phalanstère ; remarquez enfin que dans toutes les guerres qui ont eu lieu, il a toujours été question de terres à acquérir, de marchandises à vendre, de travailleurs à protéger, de droits civils à maintenir, toutes choses auxquelles les militaires sont plus ou moins étrangers. Leur dévoûment est-il donc bien décidément une blague ?

Faut-il, en un mot, vous rappeler ce qui a donné lieu à l'institution militaire ? C'est l'A B C de la science sociétaire ; mais puisque vous ne vous en doutez pas, il faut bien vous l'enseigner. Sachez donc qu'à l'origine des sociétés modernes, comme à celle des peuples anciens, par suite des *douze passions* qui ont agité et agiteront longtemps le monde, le marchand, l'ouvrier, le travailleur étaient souvent obligés de laisser là leur ouvrage pour garder leur ville ou faire au dehors quelque entreprise qui devait assurer pour longtemps leur sécurité. Généralement chacun perdait bien ainsi le quart de sa journée. Supposez dix millions de travailleurs; voilà deux millions cinq cent mille journées de perdues. Plus tard, ils se ravisèrent les braves gens; heureusement vous n'étiez pas là pour les mal conseiller. Ils firent ce petit raisonnement, un peu au-dessus de votre portée: « Par le système ac- « tuel, deux millions cinq cent mille journées sont « perdues pour la production. Choisissons cinq cent « mille d'entre nous; qu'ils se battent et meurent à « notre place. Nous assurerons leur entretien par des « appointements convenables; nous les traiterons avec « égard et distinction, et tranquilles désormais, nous « pourrons nous livrer paisiblement à nos occupations « et verser dans le commerce le produit quotidien de « deux millions de journées de plus. »

Eh bien! plume mal taillée, que pensez-vous de cette logique? Comprenez-vous maintenant que le travail de l'armée, même lorsqu'elle reste l'arme au bras, n'est pas *improductif*? Voudrez-vous encore la faire travailler, lui faire porter double bât, double charge, comme à l'âne de la fable? Veiller pour le travailleur, mourir à sa place et encore tra- vailler pour lui! Oh! c'est trop, s'il vous plaît. Ce ne serait plus là de l'association ni du travail attrayant; ce serait de la servitude. Il y aurait des maîtres et des esclaves; et quel maîtres et quels esclaves! Tout simplement le monde renversé. Le sabre devrait cé- der le pas à la serpette qui voudrait à son tour faire la fendante; les tire-pieds serviraient de rênes au char de l'État! Eh! mon Dieu! cela s'est vu au bon temps de Simon le cordonnier. Voulez-vous nous y ramener? Est-ce bien là votre dernier mot sur le gouvernement modèle !

Vous nous reprochez surtout la vie de garnison. En effet, en temps de paix, à des yeux inattentifs comme les vôtres, nous paraissons complétement improductifs. C'est alors que vous voudriez nous mettre la brouette à la main, tandis que mollement couché sur un divan, et lançant des bouffées de tabac au plafond, vous rêveriez à quelqu'une de ces *gammes* qui ont remplacé les craques du vieux temps. Mais savez-vous bien que si le soldat *ne fait rien* à l'égard d'un ennemi qui pour le moment n'existe pas, il travaille nuit et jour pour se tenir prêt à *faire* avec ensemble, aplomb et *supériorité,* au premier signal d'alarme? Savez-vous que sa présence seule éloigne le danger, *et qu'on ne vous attaque pas parce qu'on sait qu'il est là?* Il est donc utile, il est donc productif; car il veille sur le travailleur, car il empêche qu'il ne soit dérangé, qu'il ne soit forcé de quitter son ouvrage et de perdre son temps. Et puis vraiment, où en serions-nous si dans chaque position sociale, au premier chômage, vous veniez poliment offrir une bêche et forcer les gens à s'en servir immédiatement au nom du bonheur commun? Dans votre phalanstère même, un de vos jeunes chasseurs pourra certainement rester plus d'une fois une journée entière à l'affût sans tirer un seul coup de fusil. Irez-vous, au premier quart d'heure, le proclamer l'ennemi du genre humain? N'attendrez-vous pas qu'il retrouve l'occasion de vous être utile dans la spécialité qu'il aura choisie? Et si, dans notre civilisation actuelle, les crimes devenaient moins fréquents, si les magistrats restaient les trois quarts du temps inoccupés, au lieu de vous féliciter d'un tel état de choses, iriez-vous les flétrir du titre d'oisifs, et exiger d'eux quelque travail manuel?

Vous ne cessez de crier sur tous les tons : il faut supprimer l'armée, car elle n'est pas *productive,* car elle est *destructive,* car elle n'est propre qu'à ravager des récoltes, fouler des champs de blé, couper des arbres, incendier des villages. Or, je vous prie, très éloquente plume! pourquoi les soldats ravagent-ils des récoltes, écrasent-ils des épis, coupent-ils des arbres, incendient-ils des villages? Croyez-vous vraiment que ce soit pour le plaisir de couper et de ravager? Quelle charitable opinion vous avez de vos *frères!* Veuillez réfléchir (si toutefois ce n'est pas trop exiger de vous) que l'armée ne coupe et ne ravage que lorsqu'elle y est forcée par le besoin impérieux de sa propre *conservation;* qu'en se *conservant* nombreuse et puissante, elle *préserve* et *garantit* la nation dont elle est le représentant au dehors; qu'en remportant des victoires au moyen de ces ravages et de ces dégâts, elle assure au dedans la sécurité *dont les travailleurs ont besoin,* et acquiert au dehors de nouvelles contrées qui accroissent le *capital* de son pays. Son travail n'est donc pas improductif. Les ravages et les dégâts dont vous faites tant de bruit sont exactement *analogues* aux ravages et aux dégâts que le laboureur fait en retournant les mauvaises herbes dans la terre ou en détruisant les chenilles; que le maçon fait en démolissant les vieilles masures pour construire un palais. Ils servent à produire, à édifier,

et non à détruire. Vous-même, lorsque vous fonderez
ce phalanstère après lequel vous nous faites tant sou-
pirer, n'arracherez-vous pas des haies et des vignes,
ne comblerez-vous pas des fossés, ne couperez-vous
pas des arbres, n'abattrez-vous pas des granges, des
châteaux mal placés ou mal distribués? Quoi! vous
aussi vous exercerez des ravages, vous ferez des travaux *destructifs!* Mais, direz-vous, c'est pour obtenir
un plus beau, un plus grand résultat. — Et alors
pourquoi ne pas comprendre qu'il en est de même de
l'armée?

Voyez, je vous prie, ce qui se passe en Afrique.
Vous-même vous avouez que la conquête est une
œuvre utile. C'est, dites-vous, une propriété de cinquante lieues de profondeur et de deux cent vingt
lieues de côtes que nous acquérons (1). Sur les montagnes croissent tous nos arbres d'Europe; la plaine,
d'une fécondité merveilleuse, donnera les produits
les plus variés. Les côtes fournissent les poissons les
plus recherchés; la nature prévoyante y a même
placé le seul banc d'huîtres océaniques que possède
la Méditerranée. Or, qui vous a conquis cet empire
qui formera plus tard un capital des plus productifs?
C'est bien l'armée, je suppose. Et remarquez, à
quelles conditions : en pillant les silos, dévastant
les champs ensemencés, incendiant les douars. Tout
comme vous, exactement comme vous, lors de la
création du phalanstère, ni plus ni moins.

(1) *Almanach phalanstérien pour* 1846.

Vous me direz que « puisque l'humanité ne sait « encore réaliser le progrès qu'à l'aide de sacrifices « humains, nous devons nous résigner à accepter « ces sacrifices comme conséquence inévitable de « l'aveuglement de l'humanité. » Eh ! que ne vous résignez-vous alors tout-à-fait ? Pourquoi vous résigner ici, et ne pas vous résigner ailleurs ? Vous ajouterez probablement qu'il y avait un excellent moyen de suppléer à l'aveuglement de l'humanité, et d'obtenir le même résultat sans effusion de sang : c'était de vous envoyer, seul prêcher le monde harmonien et le phalanstère aux Arabes. Et vite, vite ! partez donc. Parole d'honneur, je serais curieux de vous y voir.

C'est vraiment merveilleux de vous entendre répéter chaque jour, avec une redondance passablement monotone : « A *la guerre*, c'est-à-dire au travail *im-* « *productif*, qui était le fait *capital* des sociétés pas- « sées, la société moderne tend à substituer le tra- « vail *productif*. Les gouvernements du passé avaient « organisé la *guerre* ; la société moderne doit orga- « niser l'*industrie* ; ce que l'organisation avait fait « pour le travail *guerrier*, elle doit le faire pour le « travail *industriel*.

En voilà un débordement stupide de mots vides de sens, d'inepties telles qu'on ne conçoit pas qu'elles puissent se produire à notre époque prétendue si éclairée ! Le fait *capital* des sociétés passées, messieurs de la Démocratie, c'était *un ensemble complet d'institutions utiles aux peuples*, comme aujourd'hui, comme demain, comme toujours. Le fait *capital*, c'était la charrue, la forge, le métier, la manufacture, le commerce, tout aussi bien que l'armée, la magistrature et le sacerdoce. Ne dirait-on pas vraiment qu'on ne fabrique, qu'on ne produit, qu'on ne consomme que depuis qu'il vous a plu d'écrire! j'admets que vos vœux soient enfin réalisés sur un coin de ce globe; que la France entière, si vous aimez mieux, docile enfin à vos prédications, incline à se gouverner d'après vos lois; que grâce à vos poésies peu imitées de Tyrthée, le Français devienne aussi lâche qu'il a été belliqueux, que tous les soldats désertent, qu'aucun élève ne se présente pour Saint-Cyr, que celui de l'école Polytechnique, pour éviter le *déshonneur*, s'élève jusqu'au rang de chaudronnier; qu'on change les casernes en ateliers, et les canons en marmites de phalanstère. Voilà donc le pays organisé selon votre cœur, tout le monde se livre au travail plus ou moins attrayant; beaucoup ne font rien et se contentent du minimum assuré par Fourier; mais passons sur ce petit détail. Du reste, point de magistrature, point de clergé, point d'armée : vétilles que tout cela. Chacun s'abandonnera, il est vrai, à tous ses penchants; mais comment produiraient-ils des actes coupables, occupé qu'on sera à travailler et à jouir? De sacerdoce! à quoi bon? L'homme peut se créer un paradis sur ce globe, et n'a nul besoin de Dieu. De magistrature, fi donc! l'opinion suffira pour ramener le coupable. A la bonne heure; le sacerdoce et la magistrature ne servent, en effet, qu'à défendre les *travailleurs* contre les ennemis *intérieurs*, contre leurs propres *passions*, et il n'en existera plus, ou elles seront toutes légitimes. Mais vous les avez privés de défenseurs contre les ennemis *extérieurs*, contre les *passions* des peuples étrangers; or, voici des hordes de barbares, six cent, huit cent, douze cent mille Turcs, Cosaques, Calmoucks, Tartares, Shiks, Arabes, Marocains; voici des peaux jaunes, des peaux rouges, des peaux noires qui débordent, qui arrivent en foule, qui n'ayant pas encore eu l'occasion de mordre à vos doctrines, se précipitent de tous côtés sur vos phalanstères, les rasent de fond en comble, avalent vos poires rousselet, égorgent vos travailleurs, assomment vos petites hordes, violent vos vestales et vos jouvencelles. Qu'allez-vous résoudre?

« Nous opposerons notre douceur, notre patience
« invincible, l'exemple de nos vertus et de notre
« bonheur à la brutalité de ces barbares, et ils fini-
« ront par s'identifier à nous. » Oui, comme les Tartares se sont identifiés aux Chinois, les Mongols aux Indiens, les Francs aux chrétiens Romains de la Gaule; en vous dominant, en vous rançonnant pendant plusieurs centaines d'années, et en ajoutant à votre civilisation harmonienne l'*élément* qui lui manquait : l'*armée*.

« Ou mieux encore, nous prendrons les armes et
« nous repousserons la force par la force. » — A merveille. Vous voilà revenus à l'enfance de toute civilisation; le travailleur quittant son ouvrage pour

se battre. J'admets que vous repoussiez les barbares;
mais ils reviendront à la charge, vos travailleurs se
lasseront de se déranger. Vous ferez de nouveau le
raisonnement qu'on a fait dans tous les temps, dans
tous les lieux; vous, phalanstériens, vous créerez à
votre tour une armée permanente, et vous aurez la
honte de démentir ainsi tous les principes de votre
théorie sociale, et vous rendrez hommage à cette société passée que vous attaquez aujourd'hui avec une
amertume et une fougue d'écoliers.

« Mais à peine le premier phalanstère sera-t-il
« créé que l'univers entier, séduit par l'exemple,
« s'en couvrira de toutes parts. Toutes les nations
« seront converties à la fois. Il ne restera ni barbares ni
« ennemis. » — Quoi, vraiment ? au cœur de l'Afrique, dans l'Océanie, au Thibet, au Japon, dans les
steppes de la Tartarie ! L'Anglais qui nous aime peu, le
Russe qui veut s'agrandir, l'Arabe qui nous combat, tout
cela prendra goût au phalanstère dans le même jour,
à la même heure ! En voilà une *blague,* et des plus
rudes et des moins vieilles ! Il faut, candide plume,
que vous comptiez bien sur la sottise héréditaire de
cet excellent public qui vous écoute, pour oser, au
dix-neuvième siècle, lui débiter sérieusement de pa-
reilles bouffonneries ! Et ne dites pas que je les invente pour vous, car elles sont tout au long écrites
dans vos livres.

Avant vous déjà, bien des peuples, parvenus à
l'apogée de leur civilisation, se sont figuré pouvoir
se passer d'armée. Avant vous aussi on a tenu ce

langage pacifique qui convient si bien aux peuples amollis par le luxe et l'industrie; avant vous, on a ri des époques héroïques. Toujours l'inexorable Providence leur a rudement appris qu'on ne méconnaissait pas ses lois impunément; toujours elle leur a montré qu'il fallait choisir rigoureusement, mathématiquement, entre une armée *nationale* et une armée *envahissante*. Cela s'est vu partout et en tout temps; il y a deux mille ans comme aujourd'hui; en Chine comme en Europe. Et vous espéreriez échapper à cette loi fatale de l'humanité! et parmi toutes les institutions civilisées, vous choisissez la plus *belle*, la plus utile pour l'abolir immédiatement! et vous voulez, de gaîté de cœur, livrer vos concitoyens, pieds et poings liés, au caprice, à l'ambition, à la brutalité des peuples étrangers! Et en changeant ainsi le lion en agneau, en privant la *châtaigne* de son enveloppe épineuse, vous ne voyez pas que vous les abandonnez sans défense au premier loup, au premier pourceau qui voudront les dévorer, que vous préparez de sang-froid l'immolation de vos proches, l'assassinat de votre pays! Vraiment, je ne sais plus que penser de vous, ou plutôt ceci commence à me donner beaucoup à penser.

Mais, direz-vous, dans le monde harmonien on ne fera plus la guerre.—Ah! c'est fort bien. Mais où est-il votre monde harmonien? Il est encore sur le papier et dans votre tête. Et savez-vous bien qu'il faut deux ou trois cents ans pour qu'une idée nouvelle s'enracine dans l'esprit d'une nation et se transforme en un fait? Savez-vous bien que la religion chrétienne, aujourd'hui représentée dans sa rigueur primitive par le quakérisme, s'était annoncée au monde avec la mission de réaliser la paix universelle que vous prêchez? Savez-vous que les premiers chrétiens poussaient le scrupule jusqu'à ne vouloir pas même travailler à rien de ce qui pouvait servir à armer un soldat?

Personne n'ignore ce qui en est advenu. Jamais guerres plus hideuses, plus longues, plus opiniâtres et plus infructueuses n'ont ensanglanté le sol de notre globe que depuis le jour où ce drapeau de paix fut élevé (1). Et après cet exemple si célèbre et si humi-

---

(1) Depuis une vingtaine d'années, il est devenu de mode parmi les historiens, d'accabler de mépris ces mêmes anciens que nos pères admiraient tant. Ils vous diront, par exemple, que les hommes les plus civilisés de cette époque ne connaissaient aucune des trois grandes passions du monde moderne : la foi, la liberté, l'amour; qu'ils ignoraient les affections de famille, qu'ils traitaient leurs femmes comme des servantes et leurs esclaves comme du bétail ! Quelle que soit la célébrité des hommes qui parlent ainsi, j'ose dire, et je le prouverai plus tard, que pour quiconque sait lire, il n'est pas une seule ligne des écrivains de l'antiquité qui ne donne un démenti formel à ces absurdes calomnies. Ils vous disent encore, et sans rire, que les peuples anciens étaient organisés *pour la guerre*, comme les peuples chrétiens l'ont toujours été *pour la paix;* puis ils vous déroulent, sans sourciller, ce sanglant chaos du moyen âge, ces combats de château à château, ce dédale inextricable d'atroces et obscures tyrannies, ces guerres acharnées de cent quinze ans, ces massacres de quatorze siècles, et ils n'ont pas l'air de se douter de l'énorme contradiction. Ce qu'il y a de vraiment fâcheux, c'est que la jeunesse retient cela et se croit savante !

liant pour l'esprit humain, vous osez réclamer la plus
entière confiance dans vos promesses de paix absolue !
Examinez seulement ce qui se passe de vous à moi :
J'ai eu le malheur de ne pas vous admirer ; et, sans
dire gare , vous voudriez tout simplement me piler,
m'assommer et m'écraser, vous missionnaire de la
paix... apôtre de la tolérance !... Que voulez-vous
donc que j'espère des autres, ô prophète assommant?
Croyez-vous qu'avec ces bénignes dispositions, il fe-
rait bon habiter un phalanstère dont vous seriez le
directeur? Que le ciel m'en préserve à tout jamais !
S'il vous faut des *châtaignes* , prenez-les ailleurs ; je ne
suis pas des vôtres.

Il est plus que probable que, selon votre très sainte
et très louable habitude , vous comprendrez ceci tout
de travers , et que vous irez crier partout que je prê-
che en faveur de la *guerre* , que j'aime la *guerre* , que
je préconise la *guerre*. — Doucement, je vous prie ,
et ne vous égarez pas plus loin. Je préfère vous avertir
d'avance de la grave et nouvelle erreur dont vous iriez
bénévolement charger votre conscience. Tout comme
M. le maréchal Bugeaud , tout comme vous, je bois
de tout mon cœur à l'abolition de la guerre ; je la désire sincèrement , comme je désire l'abolition de la
famine, de la peste , des maladies et des crimes qui
infestent la société. Quel est l'insensé qui pourrait
penser autrement ! Est-ce à dire qu'on puisse les supprimer par un décret ? Je ne m'explique pas , en vérité, comment vous pouvez tirer tant de vanité de cette
idée des plus communes que vous croyez avoir dé-

couverte. Mais tout le monde l'a eue avant vous. Mais sans remonter à Homère, qui fait gourmander si rudement Mars par Jupiter, il ne faut qu'être un écolier de sixième pour savoir que les moralistes anciens n'ont cessé de maudire la guerre et de vanter les douceurs de la paix. Les Romains avaient grand soin de constater qu'ils étaient *forcés* à la guerre. Plutarque va plus loin que vous dans son humanité ; il ne voudrait même pas qu'on versât le sang des animaux. Étudiez quelque guerre que ce soit, vous verrez que sauf un très petit nombre, elles ont toutes eu pour cause un intérêt national des plus graves, et qui n'avait que ce seul moyen d'être préservé. Dans toute guerre, il y a toujours eu force majeure, impossibilité de faire autrement ; on y a vu dans tous les temps un moyen plus certain, plus prompt, d'arriver à une bonne paix, bien stable, bien durable. Sauf les entreprises assez rares de quelque écervelé comme Pyrrhus, vous ne pouvez pas citer deux guerres sur mille qui n'aient été forcées et faites en vue de la paix ; et je n'excepte pas même celles des grands conquérants, Alexandre, César, Charlemagne, Napoléon. Quand j'ai osé rappeler à votre infaillibilité les conquêtes de deux d'entre eux, quand j'ai osé vous dire qu'elles auraient plus fait que ne feront jamais vos déclamations philosophiques pour assurer la paix et le bonheur universels, vous m'avez écrasé de votre superbe dédain ; et cependant, ô ma digne plume, si Napoléon eût réussi dans son héroïque entreprise, vous ne pouvez nier qu'il ne fût devenu le maître de l'Europe. Une fois maître de l'Europe, il l'aurait été, soit directement, soit indirectement, de notre globe tout entier et aurait précisément établi cet empire unitaire que vous demandez et que je désire comme vous. Comment pouvez-vous songer à le contester ? Il faut être vous pour renier ainsi ses propres principes. Vous souriez encore de pitié, j'en suis sûr. Un disciple de Fourier se croit si certain de sa supériorité ! Eh bien, veuillez prendre la peine de lire cette petite citation, qui peut-être ébranlera votre imperturbable confiance :

« En déclamant contre l'esprit de conquête, la phi-
« losophie détourne le genre humain de la seule voie
« de bien-être qui soit compatible avec l'ordre civi-
« lisé. Peut-il exister, pendant la durée de la civilisa-
« tion, de repos sur le globe avant qu'une conquête
« générale ait rallié tous les peuples à un gouverne-
« ment central? — En résumé, depuis que l'art nau-
« tique nous fournit les moyens de parcourir le globe,
« il n'est pas de passion plus salutaire qu'une ambi-
« tion démesurée de conquête. Car si l'un des mo-
« narques arrive seulement à la conquête des deux
« tiers de l'Europe, il peut forcer l'autre tiers à se
« ranger sous sa banière, et effectuer à l'instant la
« ligue fédérale du globe et la pacification univer-
« selle (1).

« Au lieu de s'adonner à cette étude, les philoso-
« phes se sont répandus en déclamation et lieux com-

______

(1) *Théorie des quatre mouvements*, page 322.

« muns de morale contre ces deux leviers d'unité : ils
« ont diffamé à l'envi le monopole et la conquête.
« Les uns ont tonné contre la cupidité insatiable et
« dévorante de la perfide Albion. Ce sont des *sots* qui
« auraient dû voir qu'Albion péchait par défaut de
« cupidité et ne savait pas faire un plan pour envahir
« le sceptre du monde par monopole composé.
« *D'autres ont critiqué Bonaparte* sur ce qu'il mani-
« festait le projet d'envahir le monde entier. Il n'y
« avait que cela de sensé dans ses vues; etc. (1) »

De qui sont ces paroles? J'en suis horriblement
contrarié pour vous, mais enfin, ô ma très peu infaillible plume ! il faut bien vous avouer, puisque vous
ignorez jusqu'à votre propre Bible, qu'elles sont de
Charles Fourier ; oui, du prophète lui-même ! Je dois
ajouter, pour votre consolation, que lorsque j'écrivis ma première lettre, je ne les connaissais pas encore. Ma gloire est donc de m'être rencontré avec le
maître. Je désire, sans l'espérer, que vous en fassiez
quelquefois autant; et, attendu l'impolitesse du terme
dont se sert ce grand homme à l'égard de ceux qui
pensent comme vous, je coupe court à cet incident,
de crainte d'augmenter la rougeur inaccoutumée qui
doit vous couvrir le visage. J'en profite toutefois pour
vous dire qu'après tout Fourier m'appartient autant
qu'à vous, et que si vous continuez à l'exploiter pour
la glorification du mensonge, moi et mes amis nous
sommes très décidés à vous le disputer, pour le déga-

(1) *Phalange*. — Janvier 1846, page 23.

ger de toutes vos fausses interprétations et enseigner au monde sa véritable doctrine.

Récapitulons, s'il vous plaît. Je vous ai prouvé que vous aviez une monomanie furieuse contre l'armée (1); qu'en la supprimant vous prétendiez abolir la guerre; qu'en cela vous agissiez tout aussi sagement qu'un législateur qui supprimerait la magistrature dans l'espoir d'abolir le crime. Je vous ai prouvé qu'au contraire, en supprimant une armée nationale, vous exposez nécessairement votre pays à toutes les horreurs de l'invasion et de la conquête. Les preuves sont là,

(1) L'épidémie de la rage contre l'armée gagne jusqu'à nos plus illustres romanciers. Voici ce que je viens de lire dans *Martin ou l'Enfant trouvé*, chap. XIII, par Eugène Sue. C'est un roi du Nord qui parle :

« J'ai reçu votre lettre n° 2, je vous remercie de la notice sur
« l'organisation des crèches, c'est admirable ; le nom du grand
« homme de bien, dont le tendre génie va sauver ainsi la vie de
« milliers d'enfants était encore inconnu ici, tandis qu'au moin-
« dre coup de canon, le nom et le titre du plus stupide de nos *tueurs*
« d'hommes, pourvu qu'il ait beaucoup *égorgé*, beaucoup *ravagé*,
« retentit en huit jours d'un bout de l'Europe à l'autre. »

Ainsi, dans l'armée, on ne voit aujourd'hui que des *tueurs d'hommes!* Celui qui invente paisiblement des crèches dans son cabinet est admirable, parce que son tendre génie va sauver des milliers d'enfants, et l'on feint d'ignorer que le soldat, au milieu des plus rudes fatigues, verse son sang, expose sa vie pour sauver des millions de *concitoyens!* C'est un parti pris. On ne veut voir que les *ennemis* qu'il tue, on oublie les *amis* qu'il sauve! Il faut vraiment croire que l'humanité tout entière est atteinte de folie, puisque des hommes de génie sacrifient à de si vaines illusions.

palpables, irrécusables : elles s'appuient sur quatre mille ans d'expérience ; vous ne pouvez y opposer que les rêves creux de votre imagination. Dès lors, de deux choses l'une : ou vous vous rendrez à la solidité de mes raisons et vous cesserez vos folles attaques, ou vous redoublerez avec une rage nouvelle : dans le premier cas, je croirai à votre sincérité; dans le second, je le dis à regret, il ne resterait plus que deux explications possibles : la folie... ou cette sorte de trahison qui se cache aujourd'hui sous le nom pompeux de philosophie humanitaire, et qui aspire à ramener le globe à l'unité, en faisant abnégation complète de cette décrépite vertu qu'on appelle Patriotisme. Cette dernière interprétation a déjà été entrevue par plus d'une personne. Je ne suis pas seul à me rappeler l'importance que votre maître attachait à l'admirable situation de la ville de Constantine ; à remarquer qu'une puissante nation, peu disposée, quant à présent, à accepter vos leçons, paraissait destinée à recueillir ce magnifique héritage. Je ne suis pas seul à m'étonner de vos attaques incessantes contre le plus énergique de nos hommes d'état, contre le plus illustre de nos hommes de guerre, contre l'armée, que vous cherchez à rabaisser dans l'opinion publique, contre tout ce qui est grand, national, et qui pourrait, au besoin, nous préserver de la servitude étrangère. Plusieurs pensent que ces manœuvres cachent une profonde et humanitaire politique ; qu'il s'agit peut-être d'affaiblir notre pays, de le priver de ses défenseurs, d'éteindre chez nous l'esprit belliqueux, de préparer en nous un peuple d'ilotes, afin qu'au moment marqué, quand toutes les autres circonstances seront favorables… Constantinople devienne plus facilement la capitale du monde unitaire prédit par Fourier. De telles pensées, que votre langage soulève involontairement, pourraient injustement faire le plus grand tort à votre renommée de bon citoyen. Je vous en avertis charitablement ; faites-en votre profit. En attendant, permettez-moi de croire tout simplement à un peu de *folie* de votre part, et laissez-moi l'espoir que mes réflexions pourront hâter votre guérison (1).

Je ne dirai qu'un mot, en passant, sur votre confession : elle m'a beaucoup réjoui. Ce commandant supérieur qui avait sans cesse la bouche ouverte pour avaler vos bécassines, cette jeune épouse qui tenait constamment sa bourse ouverte pour engloutir votre argent, et vous, homme généreux, plus grand que l'illustre Sancho dans son île, donnant l'un et l'autre gibier avec une égale prodigalité ! Il faut avouer qu'un tel héroïsme méritait une meilleure fin. Mais aussi pourquoi donner à ce diable d'homme l'exemple des coups d'état ? En *emprisonnant par erreur* l'huissier et le spéculateur, vous lui avez appris à vous faire conduire *sous escorte*. Dans votre malheur, vous n'avez trouvé d'appui ni auprès du gouverneur général, ni chez le ministre, ni à la chambre des députés. Ils ont

---

(1) Je ne lis plus la *Démocratie pacifique*, mais on m'assure qu'il y a eu quelque amélioration depuis ma première lettre. Je le souhaite sincèrement.

tous tort et vous avez seul raison, selon votre habitude. Glorifiez-vous donc ; rien n'est plus consolant. Mais, pour Dieu, épargnez le reste de l'armée qui n'est pour rien dans cette aventure, et ne détruisez pas *la plus belle des institutions civilisées*, parce que nous ignorons où est Pondichéry.

Entre-temps, j'ai la satisfaction de vous annoncer que je comprends plus que jamais toute la beauté de nos *analogies*. Voulez-vous me permettre de vous montrer les progrès étonnants que j'ai faits depuis ma dernière lettre ?

Feuilletoniste sociétaire. — « Cornichon ; légume « vert, âpre, plein d'amertume et tirant sur le pi- « ment ; manquant totalement de maturité ; condi- « ment et non aliment, excitant l'appétit sans pou- « voir jamais le satisfaire ; véritable hors-d'œuvre « peu en faveur auprès des gens qui ont le goût « délicat. »

Armée. — « Culotte de peau ; vêtement nécessaire, « indispensable ; la plus belle des institutions du « monde civilisé ; défense assurée contre le froid, les « épines, les moustiques et la morsure des bêtes fé- « roces ; que l'homme ne doit quitter qu'avec la vie, « et qu'il y aurait de l'impudeur à vouloir suppri- « mer. »

Quant aux injures dont vous avez daigné m'honorer dans vos feuilletons, ô plume vénérable ! je ne m'en émeus pas le moins du monde, persuadé que vous avez trop d'esprit pour n'en pas rougir aujourd'hui. Vous devez comprendre que dans la polémique que j'ai voulu engager avec vous, en empruntant, au besoin, l'arme de la plaisanterie, dont il ne serait pas bien que vous eussiez le monopole, il ne s'agissait nullement de nos chétives personnes, mais bien d'une lutte de principes, mais bien du sort d'un grand peuple dont vos funestes théories compromettent l'existence. Élevez-vous contre les juifs de l'époque ; tonnez contre la féodalité des banquiers; prêchez l'association des travailleurs et l'amélioration du sort des pauvres; faites des vœux pour que d'ici à deux cents ans, plus tôt s'il est possible, la guerre soit entièrement abolie par suite d'une colonisation à larges bases suivie d'une fédération générale de tous les peuples, et vous aurez toutes mes sympathies. Mais rappelez-vous que jusque-là l'armée est la sauvegarde du travailleur ; rappelez-vous que quelque forme sociale qu'adopte plus tard l'humanité, il est quatre institutions qui se transformeront, qui se simplifieront peut-être, mais qui ne périront jamais, parce qu'elles répondent aux quatre grands attributs de Dieu : amour, sagesse, justice, puissance. C'est l'administration, le sacerdoce (1), la magistrature et l'armée. Entassez sophismes sur sophismes, paradoxes sur paradoxes, ils viendront tous échouer contre ce roc inébranlable qu'on nomme essence divine, nature humaine, expérience des siècles. En dépit de vous, c'est dans leur sein que vivront, que brilleront éternellement les

______

(1) Qui comprend aussi la science.

gouverneurs et les protecteurs du peuple. Classer ces hommes éminemment utiles parmi les oisifs, parmi les improductifs, c'est appeler sur soi la réprobation de tout ce qui a quelque étincelle de raison, c'est se vouer d'avance à la risée et au mépris de la postérité.

Ma tâche est remplie. Injuriez-moi, déchirez-moi, écrasez-moi ; persévérez dans la curieuse carrière non explorée, et pour cause, que vous vous êtes ouverte ; livrez-vous plus que jamais aux analogies les plus saugrenues, aux gammes les plus échevelées : quant à moi, satisfait de vous avoir *chanté la vôtre*, je pars pour cette île de Madagascar, que vous voulez absolument conquérir *par le sabre* (2). C'est vous, hommes de paix, qui déclarez la guerre. C'est nous, hommes de guerre, qui allons tâcher de conquérir la paix. D'après vous, nous volons *au déshonneur*, nous allons faire du travail *improductif* ; notre dévoûment n'est qu'une *blague* ; nous ne sommes que des *pioupious* désavoués par la patrie ! — La patrie indignée vous renvoie tous ces outrages... et elle s'attend à votre repentir.

Un sabre inintelligent, officier d'une arme savante,
culotte de peau et ancien élève de
l'école Polytechnique.

X.

(2) Voir la note 1, page 27.

ÉPILOGUE.

AUX HOMMES D'ÉTAT.

J'ai combattu, selon mes forces, cette absurde et inique pensée des phalanstériens que, pour inaugurer l'ère du bonheur populaire, il fallait commencer par abattre le pouvoir qui le protégeait. J'ai prouvé l'insanité de leur puérile distinction des armées, en *productives* et *destructives*. J'ai démontré qu'un État ne pouvait pas plus se passer d'armée que de magistrature, et qu'un peuple assez fou pour la dédaigner était aussitôt subjugué par une puissance étrangère (1). Il me reste à rechercher si l'abolition du prolétariat, source de tant de divagations, ne pourrait pas être opérée, sans toucher à l'armée, par des moyens plus simples, plus sympathiques à notre na-

(1) La longue et utile paix que nous devons à la sagesse du Numa moderne, est sans doute une des causes de la dangereuse erreur des détracteurs de l'armée. L'homme prudent doit au contraire y voir un motif de plus d'encourager parmi nous le maintien de l'esprit militaire, seule garantie durable de l'indépendance des nations.

ture que ceux inventés par Fourier, et préconisés par ses disciples.

Dans son projet d'association universelle, Fourier supprime, d'un trait de plume, la religion, la morale et la politique actuelles. Il renouvelle la face de l'univers. Ses disciples, plus prudents, ont craint de se brouiller avec les prêtres et les rois ; ils avancent en louvoyant, et laissent dans le lointain la marchandise de contrebande, se réservant de la faire entrer peu à peu, lorsqu'ils auront un pied sur le territoire convoité. Pour le moment, ils négligent l'omniarchat, se taisent sur la cosmogonie, renient la théorie morale, et se bornent à vanter les charmes de l'association industrielle. Réduite à ces modestes proportions, nul doute qu'elle ne puisse être avantageuse aux pauvres ouvriers. Mais quel attrait pourra forcer les riches à y prendre une part active ? Et qu'aura de plus qu'une simple manufacture, un phalanstère, privé des jeux scéniques et des coutumes amoureuses sur lesquelles Fourier comptait tant pour rendre le travail attrayant et décupler le bonheur général ?

L'association tant vantée du talent, du travail et du capital, est encore une de ces illusions dont il est utile de démontrer toute la vanité. Le travail a des bornes bien connues, que les forces de l'homme ne peuvent dépasser. Le talent, bien que plus varié, est cependant renfermé entre des limites assez étroites. Le capital seul peut s'accroître indéfiniment, aux dépens de ce qui l'entoure. Semblable à tous les corps matériels, il attire en raison directe des masses, et probablement inverse du carré des distances. Lui laisser toute liberté, élever son droit au niveau de ceux du travail et du talent, c'est manquer totalement de prudence et de justice. C'est se fermer précisément la voie qu'on a l'intention de parcourir, c'est se résigner à voir, tôt ou tard, le talent et le travail redevenir les esclaves du capital. La formule est donc fausse ; elle ne peut faire le bonheur de l'humanité.

Si telle est, en effet, la valeur des idées fondamentales de celui qu'on ne craint pas d'appeler le nouveau *révélateur*, il y a lieu de s'étonner du progrès qu'elles ont fait parmi certains esprits, au nombre desquels on en compte de vraiment supérieurs. Pour les derniers cela s'explique par la nécessité réelle où se trouve la société de s'organiser logiquement sur des bases entièrement nouvelles, problème à peine ébauché jusqu'à ce jour, et dont la solution, recherchée sincèrement, rend les hommes les plus éclairés accessibles à tout système qui se présente avec quelque apparence de vérité. Pour les autres, cela tient tout simplement à l'une des plus grandes misères de l'esprit humain, à ce penchant désastreux de l'homme de ne maudire une erreur passée que pour l'échanger contre une erreur présente ou future.

Pour quiconque a un peu médité, il est en effet évident, que les religions réussissent auprès des peuples, non par les vérités, mais par les mensonges qu'elles enseignent. Celui qui serait tenté de trouver cette parole trop dure, n'a qu'à étudier de nouveau, par quels moyens elles se sont établies sur la terre ; il trouvera que le principe est général et ne souffre pas d'exception (1).

C'est ainsi que Zoroastre, apportant au roi de la Bactriane une religion tellement supérieure aux croyances existantes, qu'elle a mérité de servir, sur plusieurs points, de base à la religion chrétienne, ne peut le persuader de l'embrasser qu'après avoir opéré, à ses yeux, le ridicule miracle de rendre à un cheval les quatre jambes qu'il avait perdues. C'est ainsi que Mahomet annonçant aux Arabes idolâtres ces grandes vérités de l'unitié de Dieu, de l'immortalité de l'âme, des peines et des récompenses futures, ne peut les convertir à l'islamisme qu'après leur avoir raconté son fabuleux voyage de Jérusalem. Il est superflu de citer d'autres exemples. En feuilletant l'histoire, chacun peut en rassembler de quoi remplir dix volumes. Je ne crains pas d'avancer que c'est à une cause semblable qu'est due la fortune de Fourier. S'il se fût borné au phalanstère industriel, il n'aurait été qu'un économiste tout comme un autre, et ce qu'il y a de vraiment utile dans son système eût été probablement enseveli dans l'oubli. Mais il a débité mille folies sur Dieu, sur l'âme, sur la légitimité des passions, sur les gammes et les analogies, sur l'avenir et les destinées de l'humanité : tant d'extravagances ont excité la curiosité. Les enthousiastes ont d'abord cru, parce que c'était absurde (2). La raison a été acceptée parce

(1) On conçoit qu'il ne s'agit pas ici de la véritable religion.

(2) *Credo quia absurdum*, comme disait saint Augustin.

qu'elle se présentait à la suite de la folie. Plus tard, il est vrai, des hommes graves ont voulu démontrer qu'il n'y avait que raison et point de folie ; mais l'histoire prouve que telle est la marche actuelle des esprits, et qu'il en a toujours été ainsi dans tous les cas semblables. Après l'enthousiasme des cœurs simples qui adoptent la raison à cause de la folie, viennent les raisonneurs qui tâchent d'expliquer scientifiquement la folie pour la faire concorder avec la raison. Au total, il y a dans Fourier assez d'erreurs pour défrayer dix religions. Ne cherchons pas ailleurs la cause de son succès.

Je n'ignore pas que les cœurs droits, ceux qui veulent sincèrement le bonheur de l'humanité, se révolteront d'abord contre cette cruelle vérité qui leur arrache leur dernière espérance. Faut-il donc renoncer, diront-ils, à asseoir l'humanité sur des bases meilleures ? Serons-nous toujours les témoins impuissants de la détresse des prolétaires ? Verrons-nous éternellement la majorité de nos frères mourir de faim, en face du luxe le plus révoltant ?

Je réponds, non : il est un remède ; mais il n'existe pas dans les lois factices et impossibles que vous voulez établir. L'humanité ne se laissera jamais cloîtrer comme un essaim d'abeilles. Le christianisme aussi voulut établir partout la communauté des biens, et diviser le sol en monastères ; il n'y pût réussir. Les penchants sont trop variés pour qu'on puisse les ajuster tous sur un même moule. Je ne nie pas les avantages du phalanstère ; mais pour l'homme aisé, une propriété particulière aura toujours plus de charme. Vous demandez fièrement quel sera le sort de la propriété dans l'avenir. Il faut opter, dites-vous, entre le morcellement, la concentration ou l'association ! Il ne faut pas opter du tout. Dans l'avenir, comme dans le passé, comme dans le présent, la propriété sera morcellée, concentrée, associée. L'option, si elle était possible, ne produirait qu'une de ces constitutions éphémères, bientôt détruites par le cours naturel des passions humaines. Si vous voulez fonder quelque chose de stable, laissez plus de liberté à l'homme.

Ni les phalanstériens, ni les économistes, ni les socialistes n'ont su résoudre, ni convenablement poser le redoutable problème de l'abolition du prolétariat. Chaque jour leur presse gémit, leurs volumes s'entassent, et ils en sont encore à se demander, comment il se fait qu'à côté de la prospérité croissante du riche, le pauvre voit croître aussi sa misère et son dénument. Ils applaudissent aux progrès de la haute industrie, au succès des machines, aux millions des Rothschild, aux vastes propriétés de l'aristocratie anglaise, et ils ne comprennent pas que là est précisément la mortelle plaie, la hideuse plaie, et qu'heureux sont les peuples dont les grands sont plus petits !

En montrant combien ils sont loin du but, je m'engage sans doute à enseigner comment on peut l'atteindre. C'est en effet ce que je me propose de faire ici en peu de mots, laissant aux savants et aux chefs d'école le charlatanisme des longs discours et des gros volumes.

Tout le monde est d'accord que c'est le travail qui crée la richesse. Or, qui exécute le travail? Ce sont les bras des ouvriers, et comme, pour un petit nombre d'années, ce nombre de bras est le même, on peut dire qu'en général la richesse est une quantité à peu près constante (1). Si pour une population donnée, cette richesse était répartie également entre tous les individus, il est évident qu'il n'y aurait ni riches, ni pauvres; et que si les yeux n'étaient pas récrées par l'aspect d'un luxe éblouissant, d'une autre part, personne ne mourrait de faim. Chacun vivrait content sous sa vigne et sous son figuier, comme aux bons temps du peuple juif. Il y aurait médiocrité, mais aisance pour tout le monde. Ce serait le règne de la justice, de l'égalité, de la fraternité.

Admettons maintenant une situation tout opposée. Supposons qu'un seul homme soit maître de cette richesse. Il pourra la faire servir à tous les excès du luxe le plus effréné, mais il n'en restera plus miette pour les autres hommes. Ils seront obligés de travailler pour lui comme ouvriers, de le servir comme domestiques, et de se soumettre à tous ses caprices. Les droits de la propriété et du capital étant réputés sacrés, cet homme est maître de la vie et de la mort du genre humain. S'il invente de nouvelles machines, si au lieu de trente millions, il juge qu'il y a assez de

(1) Pour abréger, je confonds ici la richesse produite dans l'année, et le capital qui n'est que du travail accumulé.

quinze millions d'hommes pour le servir et pourvoir
à ses jouissances, il n'occupera pas les quinze autres
millions, et leur défendra de toucher à ce qui lui appartient. Or, comme tout lui appartient, ces quinze
millions de créatures humaines subiront le sort prédit
par Malthus ; elles périront de faim et de misère (1).

Entre ces deux tableaux, quel est celui qui présente la situation la plus avantageuse pour l'humanité, c'est-à-dire pour le plus grand nombre? Évidemment, c'est le premier. Malheureusement, rien
n'est plus difficile que de maintenir cette égalité parmi les hommes, parce qu'il y a parmi eux des stupides,
des imprévoyants et des débauchés, et qu'il n'est pas
juste que quand ceux-là auront dépensé leur portion
de richesse, ils viennent demander un nouveau par-
tage à ceux qui se seront prudemment renfermés dans
les limites de leur fortune. Les moyens artificiels inventés par divers législateurs ont tous échoué avec le
temps contre cette pente fatale des esprits imprévoyants, parce qu'ils étaient conçus dans une pensée
trop étroite et trop opposée à la liberté de l'homme.
Le phalanstère, non moins arbitraire dans ses allures,
n'y réussirait pas mieux. C'est de cette apparente impossibilité que triomphent les égoïstes. Mais en niant
qu'il soit possible de remédier à un si grand mal, ils
s'égarent, à leur tour, dans les ténèbres de l'erreur.
Sans doute, le législateur agirait tyraniquement, en

____

(1) C'est ce qui arrive en Angleterre, en Irlande et dans nos
pays de manufactures.

exigeant qu'en tout temps les parts fussent invariablement égales, comme à Sparte, ou qu'après cinquante ans, les héritages revinssent à ceux qui les avaient primitivement possédés, comme en Judée. Mais ce qu'il peut toujours faire, ce qu'il doit toujours faire, c'est d'ordonner *que toutes les lois civiles et politiques concourent à ramener sans cesse à cette égalité.* En un mot, la pente fatale, c'est que plus un homme est pauvre, plus il tend à s'apauvrir, que plus un homme est riche, plus il tend à s'enrichir. La loi doit donc agir en sens inverse et faire refluer l'or vers les travailleurs ; sans cela, il arriverait qu'après un certain nombre de siècles, toutes les richesses finiraient par être légalement concentrées dans un petit nombre de mains, et que les malheurs esquissés dans le second tableau présenté ci-dessus, se réaliseraient inévitablement.

Prenons exemple sur l'ordre admirable introduit par Dieu dans la nature. Par quel simple mécanisme a-t-il maintenu la fraîcheur et la vie à la surface de la terre ? Sous l'empire de la gravitation les eaux coulent sans cesse des montagnes vers l'Océan. Sans l'évaporation qui les ramène à leurs sources, que deviendrait le globe que nous habitons? Un affreux et aride désert. J'ose affirmer que c'est par une loi semblable et non autrement que nos législateurs humains peuvent entretenir la vie et le bonheur dans l'ordre social. Par une tendance presque matérielle, l'or coule vers les gros capitaux comme l'eau vers l'Océan. Que la loi le fasse remonter continuellement vers les hom-

mes qui le produisent. Voilà tout le secret du bonheur
public, de l'abolition du prolétariat et de l'organisation du travail. Voilà la vraie formule de l'avenir; il
ne s'agit que de savoir l'appliquer.

Mais par quels moyens légaux, et comment, sans
gêner la liberté de personne, pourra-t-on réellement
faire refluer la richesse vers les travailleurs? C'est à
quoi notre siècle si outrecuidant et si enflé de son mérite n'avait pas encore sérieusement pensé, n'est-ce
pas? Eh bien ! cette antiquité dont nos économistes parlent aujourd'hui avec un si superbe dédain, s'en était
préoccupée, elle, et avait trouvé plusieurs solutions.
Sans reparler des constitutions fortement conçues, mais
trop blessantes pour la liberté individuelle de Minos,
de Lycurgue et de Moïse, si l'on étudie la civilisation
des Grecs et des Romains, autre part que dans nos
historiens contemporains, on s'apercevra que ce n'é-
tait pas sans motifs qu'elle était parvenue à ce haut
degré de splendeur qui nous est révélé par leurs livres
et par leurs monuments. Il n'y aura bientôt plus que
les économistes et quelques élèves de l'école Normale
à qui on pourra faire accroire que l'esclavage antique
fût un si grand mal qu'on le dit. L'esclave, enfant de
la maison (1), portant le nom du maître, certain de
sa subsistance, travaillait avec ardeur pour acquérir
des richesses et devenir citoyen à son tour; car ces
Romains si fiers étaient presque tous fils d'affranchis.
Le sort de ces esclaves valait donc bien, ce me sem-

____

(1) On l'appelait *Puer* (mon enfant) quand on lui parlait.

ble, celui de nos malheureux travailleurs, enfouis dans des caves mal saines, et manquant de tout. C'était une tutelle, presque toujours suivie de l'émancipation (1). Quant aux citoyens pauvres, une foule d'usages ou d'institutions venaient à leurs secours. Ainsi dans chaque ville grecque ou romaine, on leur faisait, à certaines époques et sur les fonds du trésor public, des distributions en blé ou en argent. Des chauffoirs et des bains publics étaient mis à leur disposition. A Rome, le peuple entier était nourri aux frais de l'État. Mais ce n'était pas assez de pourvoir à la subsistance des pauvres, les capitalistes se chargeaient même de les amuser. C'étaient les nobles lords, les Aguado et les Rothschild de ce temps-là qui élevaient les amphithéâtres et qui donnaient des fêtes au peuple. Où voit-on quelque chose de pareil aujourd'hui?

En rappelant rapidement de tels faits, j'ai voulu simplement prouver que les anciens connaissaient *la formule du bien public* et savaient l'appliquer. Notre société est autrement constituée; il faut donc une au-

---

(1) La lecture de Diogène Laërce montre clairement que les Grecs, en mourant, avaient l'habitude d'affranchir leurs esclaves et de les coucher sur leur testament.

D'après Pline, tous les esclaves de son temps, abandonnaient les miroirs d'étain pour ceux d'argent. Ils portaient des anneaux et des bracelets d'or, et ornaient de ce même métal leurs ceintures et leurs épées. Voilà quel était le régime *barbare* des anciens à l'égard de cette classe *malheureuse* sur laquelle on écrit aujourd'hui tant de pauvretés.

tre solution (1). On la trouvera facilement, ce me semble, *en favorisant l'accroissement de la richesse jusqu'à une certaine limite, et en la contrariant au-delà.* Aujourd'hui que l'ardeur d'acquérir est poussée jusqu'à la frénésie, et que cette passion n'est nullement contre-balancée par le faste et la prodigalité qui étaient l'apanage des patriciens romains et de notre ancienne noblesse, il faut absolument y mettre un frein, en enlevant la considération à celui qui posséderait *trop.* Les hommes du moyen-âge l'avaient senti instinctivement. Ils humiliaient et rançonnaient les juifs qui devenaient trop riches : aujourd'hui on les fait barons. C'était alors une brutalité ; c'est aujourd'hui une bassesse et un péril, car ces hommes n'ont vraiment mérité..... *ni cet excès d'honneur, ni cette indignité.* Sans doute, dans un royaume du premier ordre, il est bon, il est utile qu'il y ait quelques grandes fortunes, pour entretenir le goût des beaux arts. Mais si l'on considère qu'un millionnaire tient déjà entre ses mains la vie de mille de ses semblables, on sera porté à rejeter toute fortune supérieure comme attentatoire au bonheur public.

(1) Chaque nation a donné la sienne. Lycurgue empêchait le capital de se former, Moïse le détruisait après chaque période de cinquante ans, les Anglais laissent croître le capital indéfiniment, et n'ont su trouver, comme application de la formule, que le misérable palliatif de la taxe des pauvres. Les modernes ont oublié la science des anciens, ils ne comprennent pas que la misère et le capital marchent toujours de compagnie comme le déblai et le remblai.

Le choix des meilleurs moyens à employer dans notre pays, pour réfréner le goût des richesses, et parvenir au but si désirable du bien-être général, présente sans doute de grandes difficultés. Je ne suis pas chargé de les résoudre, et je me borne à répéter *ma formule*, en la recommandant aux méditations des hommes d'État :

LA RICHESSE, FILLE DU TRAVAIL, COULE NATURELLEMENT VERS LE CAPITAL, PÈRE DE L'OISIVETÉ, COMME L'EAU DES SOURCES VERS L'OCÉAN. LE BONHEUR PUBLIC NE PEUT EXISTER QU'AUTANT QUE LA LOI, PAREILLE A L'ÉVAPORATION, LA FERA CONTINUELLEMENT REMONTER, DES OISIFS QUI EN JOUISSENT VERS LES TRAVAILLEURS QUI LA PRODUISENT.

Paris. — Imp. de Lacour et Comp., rue St-Hyacinthe-St-Michel, 35.